맞무는 시간들

이종숙 제2시집

시음사
시사랑음악사랑

QR코드 스마트폰으로 QR 코드를 스캔하면
시낭송을 감상할 수 있습니다

본문
시낭송
감상하기

 제목 : 맞무는 시간들
시낭송 : 박영애

 제목 : 시외버스터미널에서
　　　　섬진강이 타다
시낭송 : 최명자

 제목 : 내 고향 하동
시낭송 : 박영애

 제목 : 가을 찬미
시낭송 : 박영애

 제목 : 나들이
시낭송 : 김락호

 제목 : 송편
시낭송 : 박영애

 제목 : 자신을 위로하는 힘
시낭송 : 박영애

 제목 : 고개를 끄덕이게 하는
　　　　노부부의 사랑
시낭송 : 조한직

 제목 : 우리 삶의 불꽃이 되자
시낭송 : 박영애

 제목 : 자신을 행복하게 하는 일
시낭송 : 박영애

 본문 시낭송 모음

영상은 YouTube 정책 또는 운영 관리에 따라 삭제될 수도 있습니다.

시인은 자연을 이야기하고 시낭송가는 자연을 품었다
글자는 날개를 달아 언어로 날고 소리는 자연에 눕는다

시인의 말

시절을 관통하는데
반세기가 나도 모르게 지나갔다
무색의 단어로 직조하여
한 땀 한 땀 수놓은 잠복 기간
동쪽 하늘에서 남쪽 북쪽
서녘 노을로 염색하기까지는
불면의 무늬들이
하얀 종이에 피어올랐다 사라졌다
그 이름의 바느질에서
고통과 환희가 교차하는
인생의 숨소리가 들리는
내가 나에게 기쁨이 되는
나날이 되고 싶다

시인 이종숙

* 목차

1부

2부

* 목차

3부

4부

* 목차

5부

6부

1부

알 수 없는 길

손바닥에는 무수한 방향이 있다
뭔가 끊임없이 움직이는
나조차 모르게 달려가고 있는 길

어머니의 모란이 있고
아버지의 목련 정신이 있고
철쭉 같은 내 자식의 붉은 물결이 있다

한번 가고 나면 돌아올 수 없는
바람 같은 길

꽃이 피고 진 가지에 여운만 남아 있듯
한 해 두 해 달라지는 여러 갈래의 형상들

아무도 모르게
삼생으로 맞물리기도 비켜 가기도 한다
세월을 경배하며
오늘의 이정표 따라 내일로 가는 길

어쩌면 내 몸 안의 길이 이렇게 많은 줄 몰랐다

1부

직지의 혼

햇살보다 눈 부신
맑은 개울물 닮은 당신은
물길 따라 산천을 흐르네

돌 틈새 거침없이 빠져나온 힘으로
온누리 갓 태어난 해는
인고의 세월 앞에
죽은 듯 살아 있는 당신을 기다리네

음울한 소인들의 붉은 반점이
관료들의 토악질이 해소되던 날

더 푸르던 당신의 손은
그 어떤 빛보다 찬란하였소

항시 푸른 혼으로 숨 쉬는
거룩한 역사 속의 당신
낱글자에 떨리는 고요함을 어찌 잊겠소

천둥 번개 막아선 감나무 아래
생의 고뇌를 다독이던 당신은
영원한 불사신이었소

건축물 공사

이른 새벽 여명이 틀 무렵
아버지가 못과 망치를 쥐고 있다

원숭이가 나무에서 떨어지는 모습을 하고
오른손으로 쥐고 있다

네모 상자 안에 오렌지 같은 빛살이
빨대를 가로 세로로 꽂아 놓고 줄타기한다

덜컹덜컹 소리가 들린다
흔들리는 기침이 벽을 타고
사각의 모서리를 스친다

아버지의 숨소리가 거칠게 땀에 젖는다
등에 배인 콘크리트 냄새가
연기를 뿜으며 동글동글 퍼진다

뼈마디 마디 금이 간 실핏줄에
눈물을 감춘 그림자 찾기

자작자작 비가 내리는 날에는
욱신거리며 피어오르는 정체불명의 소리
그 줄에서 원숭이가 흉내를 낸다

묵직한 저녁노을을 등에 지고 오는
아버지의 발자국 위로 똑같은 건축물이 찍힌다

맞무는 시간들

먹구름 사이로 비치는 햇살
물을 뿌리며 다리미질을 서둘러 보지만
쉽게 펴지지 않는 주름은
시간과 시간의 모서리를 맞물고 있다

완성되지 않은 작품에 하나둘
기우는 각을 바로 세운다

검은 재킷이던가
빨간 바지이던가
하얀 가운을 입고 다리미 손잡이를 잡고
유실된 이름을 찾아 나서면
첫사랑 대하듯 가슴을 뛰게 한다

김을 확확 내뿜는 거친 숨소리에
솔기를 비집고 나오는 실밥처럼
지루한 일상의 목마름을 참는다

인생 쓴맛이 난다는 말에 나도 모르게 울컥한다

수십 년을 사랑했던 다리미질이
한 시간을 견디기 힘들다는 의사의 말에
노란 하늘에 꽃잎이 하나둘 떨어진다

어제 피고 오늘 지는 일일초의 마음

수선하지 못하는 시간을 야금야금 삼키고 있다

제목 : 맞무는 시간들
시낭송 : 박영애
스마트폰으로 QR 코드를 스캔하면
시낭송을 감상할 수 있습니다

아차산 등산길

구름 그림자조차 소리가 나는
산길을 오르다 보니
입속의 말이 나뭇잎으로 속삭이고
아물 상처뿐인 마음을 토닥인다

귀 밝은 까치 소리와
귀 먼 까마귀 소리도 들린다
산골짜기마다 깊어진 내력이 있고
시대의 굉음을 울리며
승자의 역사 속으로 묻힌 진실

빛과 소금이 된 사람들의 체취가
아차산 계단마다 눈물로 녹아내린다

한강과 어우러진 중랑천과 왕숙천이
한눈에 보이는 산꼭대기에는
국경을 넘어오는 말발굽 소리가 머물러 있고
세파에 뒤엉키는 것들이 한통속을 이룬다

혀를 끌끌 차는

바보 온달 장군의 숨소리가

노을빛으로 출렁이고

한강에는 지난 시절 쏘가리 어름치

제각기 갈 곳을 찾아 물살을 역류한다

뒤섞여 웅성거리며

도도히 흘러가는 역사의 숨결

범굴사 목탁 소리가

자분자분 새어 나오는 아차산 등산길

아는 것으로부터 무지개를 깨우듯

외부로부터 차단된 마음을 이내 열게 한다

이 산에서는 어떤 오해도 없다는 듯

생각의 고삐를 단호하게 놓게 만든다

1부

고구마

저절로 굵어지는 게 아닙니다

몸에서 적외선을 타고 뻗은 줄기

한순간의 고비를 넘기고
세상 물정 모르는 어려움도 견딥니다

누구의 힘으로 크는 것이 아닙니다

맨발로 사막을 걸으면서
땅속의 칠흑 어둠을 극복하고
초록 잎은 두렁에 궁을 짓고
하루하루를 보냅니다

속이 타는 만큼 뿌리는 굵어집니다

하나의 가정을 일구는
파란만장한 숨소리가 이랑을 덮고 있습니다

새로운 세상으로 눈 뜨기를 염원하며
씨알 굵은 내일을 만들어 갑니다

유보한 생각

골목길에는 오토바이와
자동차 소리가 나란히 간다
하루 이십사 시간 중 조용한 시간은 얼마 되지 않는다

새벽부터 기름 냄새 밴 상자를 나르는 오토바이 소리
사람의 발소리가 해를 부르고
이슬을 깨우는 시간
오늘따라 새벽, 꿈을 접고
아침 창을 열고 밖을 내다본다

모락모락 담배 연기가 동그라미를 그리며
상쾌한 아침 공기를 혼탁하게 하고 있다
대문 앞을 나서니
여고생 셋이 천연덕스럽게 쳐다본다
생각을 유보한 나도
그들을 대수롭지 않게 쳐다본다
나름대로 그들만의 사연이 있겠지, 나를 다독거린다

알 수 없는 허공에도
천차만별 사연들이 먼지처럼 날아다닌다
만감이 교차하는 허망한 삶의 모습들이
긴 장대에 달린 하루 햇살을 떼어가는 시간

공허감에 부대끼는 정적으로
내 삶도 여기에 끼어
셀 수 없는 숫자 속에 꾸물거린다

빗방울의 귀르가즘

오늘은 빗방울 소리가 뜨겁게 들립니다

오그라들었던 대지를 헐렁하게 풀어 재칩니다

빗방울은 중력의 세기만큼 귀르가즘으로 톡톡 튀어 오릅니다

사랑하는 모습이 나뭇가지에도 들판에도 산에도
앞다투어 귀르가즘이 활발하게 제법 시끄럽습니다

오늘은 비가 온순합니다

흥건히 만족할 만큼 내렸으면 좋겠습니다

오늘만이라도 후드득 내리는 빗소리를 기대합니다

창밖에 목련화가 목을 높이 세우고 하얀 옷깃을 넌지시 밀어
내는 소리가 들립니다

오늘 비에 만족하나 봅니다

살짝 부는 바람으로 입안에 목젖이 사락거리는 소리도 들립니다

개나리 진달래 벚꽃, 꽃이란 꽃은 다 불러낼 모양입니다

오늘은 빗소리가 다정하게 들립니다

귀르가즘의 숨소리가 뜨겁게 들립니다

까치에게 배운다

당신은 지금 행복하신가요
아니면
쓸쓸한가요 괴로운가요

날개깃 흔들며 날아와서 지저귀는 저 까치도
어느 때는
기쁨이다가
설렘이다가
불안이다가
기다림이다가
희망이기도 합니다

그냥 조건 없이 다가오는
모든 것들이
내 마음에서 날기도 흔들리기도 사라지기도 웃기도 할 뿐

아무것도 아니라는 것
까치가 몇 날을 와서 지저귀고 난 후 알았습니다

내가 아는 기쁨과 슬픔, 고통 기다림은
마음의 여정이라는 것을

까치가 날아오지 않은 날 알았습니다

해를 다듬는다

12월 달력을 뜯어내며
쓰고도 매운 한 해가 저물고 있다

정원수의 모습에서
질퍽한 삶의 깊이가 묻어난다

한 해라는 꽃은
과거라는 긴 터널 속으로 멀어지고
아오리 사과 향이 서걱거리는 숲길에는
일분일초를 놓칠세라 적외선 감지기가
자신의 성장통을 기록한다

시냇물 건너 들과 산에
그해 못 이룬 정수리에 하얀 눈이 쌓이면
어느덧 진한 붉은 동백 꽃망울이
쭈뼛쭈뼛 튀어나온다

교만을 전지하는 정원사의 손놀림
그해 잘못된 모양을 손질한다

인생이라는 가슴에
내년에 필 나무를 조용히 심는다

그녀의 꽃받침

나는 내방을 알기 전에 하나의 미생물이었고
어떤 이유인지 그녀의 방에 전세 살았다

방안에 온도는 섭씨 37.5도
그녀의 방에는 우주가 있었고
신비한 사랑은 매일 추가되었다

그녀의 출생기록 카드 첫 줄에는
큰 울음소리로 감사함을
작은 미소로 사랑의 인사를 했다고 적는다

잔잔한 바다를 흔들어 깨워도
감은 눈과 뜬 눈 사이 오차 범위는
살아 보지 않은 세상과
살아 보고 싶은 세상이
길게 늘어선 기찻길로 누워서 날 기다린다

이제 사랑은 첫 경험으로 다가올 것이고
그리움은 어머니의 품처럼 간절할 것이며
탯줄을 끊어버리면서 배운 이별은
그만큼의 새로운 세상과 만날 것이다

어머니에게 배운 세상 사는 이야기는
이제 그녀만의 꽃을 키우는 일이다

전어

갸름한 몸뚱어리에는
혀의 궁이 있다고 한다
알싸한 마늘과 고추 맛이 미끼라고 한다

벽돌 표면같이 꺼칠꺼칠한 그녀의 손
죽어라 썰어대고 칼집을 내며
아들을 대학까지 졸업시켰으나
직장이 없어 막노동 일 다닌다며
자신 없는 듯 멀리 하늘을 쳐다본다

혀가 오그라들고 죄가 많은 것 같아
초장에 꾸역꾸역 울음을 찍어 먹고
요즘 며느리들은 너무 똑똑해서 겁이 난다는
식당 여주인의 시커멓게 타는 가슴앓이

불꽃 위에 소금 튀는 냄새가 제방을 넘는다
슬픔이 옮겨붙은 혀의 궁

잿빛 연기가 부옇게 퍼진 구석진 바다에서
불면의 어둠을 맞이하지만
검푸른 파도 소리가 철썩철썩
날렵한 전어의 등줄기를 후려친다

헐값으로 발설되는 혀의 궁
고소한 냄새를 골라 먹는 한밤중까지
식당 여주인은 자신의 번뇌를 썰어내고 있다

25

과거에서 뜨는 해

해는 바다에서 떠서 바다로 진다

나를 따라다니는 해는
잊었던 기억을 반추하듯 따듯했던 온기는
충전되지 않은 배터리처럼
아무 힘이 없다 해도
하루는 가고 있다

파란 하늘에 새털처럼 떠다니는 구름
바다의 물결과 갯벌의 소리를 우려
나이라는 그릇에
인생의 고명을 얹어 설날을 맞이한다

다산多産이 미덕이던 때도 지나고
산아 제한으로 헐렁한 가족들은
윷놀이의 즐거움마저 빼앗겼다

할아버지 아들 손주 핸드폰에 열중인 뜨락에
까치 소리도 이미 멀어진 채
코로나19로 삶의 동선을 제한받고 있다

함께 하지만 각자인 식구들의 행적

하얀 눈이 소복이 쌓이는 동안
옛정의 그리움만 먼발치에서 사분거린다

커피 처방전

많은 사람이
약을 지으러 커피 가게로 간다

커피잔에서
다양한 처방전이 나온다

웃음의 잔여가 가슴 쓰리게 하던가

달달하게 빛나는 검은 마력

잔잔한 말들이 뱅 둘러앉아
상처 난 염증에 연고를 바르듯이
따뜻한 평화로움이던가

울퉁불퉁한 약봉지의 효과가
제각기 다른 효능으로
사람들의 찻잔에서 치유로 응답한다

아이스크림같이 녹아내리는
가슴에 파고드는 쓰고도 단 처방전을 들고

카페 안이 시끌벅적하다.

시

그는 한 톨의 흙이었던가
토실토실하다가 까끌까끌하다가
물컹물컹하다가 진득진득하다가
탱글탱글하다가
어느 햇살에 단단한 그늘을 만들고
도랑을 만들고 산맥을 만드는
그는 한 톨의 흙이었던가

어느 때는 조그마한 집이다가
커다란 집이다가 주체할 수 없는
높은 성이다가
하늘하늘 구름 속에 셀 수 없는
빛이다가
아니 빛이 되고 싶은 흙이던가

잔주름에 남루한 옷을 걸치고
비스듬히 기대는 볏단이다가
속내를 숨기고 밤을 밝히는 하얀 박꽃이다가

숨소리 가다듬어 물푸레나무의
뾰족한 화살을
과녁 중앙에 눈을 맞추는 붉은 정신이다가

때때로 심연에 불타는
촛불이다가 향불이다가
어느 한곳에 잠든 이름 없는 새이다가
꽃이다가 열매이다가 영혼이다가
마침내 흙 속에 보푸라기처럼 피어나는 신일 것이다
쇠솥에서는 달빛 사랑이 익어간다

2부

마지막 불을 지피는 팔월

한낮 팔월의 몸이 탄다

절호의 기회라고 소리치는 매미 소리
천국인 듯 날아다니는
빨간 잠자리 두 마리
자석같이 딱 붙어서 담벼락을 툭툭 친다

비워둔 옷걸이에
사람의 인기척이 주렁주렁 달리면
대낮의 열기로
꼬들꼬들하게 저녁밥을 짓고

외출하고 돌아온 한나절의 땀 줄기는
응고된 소금처럼 하얗다.
가로등은 나뭇가지에 어둠을 달고
사락사락 달빛을 흔드는데
정사를 마치지 못한 매미 소리

팔월의 밤하늘에
나무껍질이 볼록하도록 사랑의 체취가
바람결에 튀밥 튀기듯 뜨겁다

2부

시외버스터미널에서 섬진강이 타다

"야야 이것 섬진강에서 잡은 거라고 한다
우리 아들이 좋아한다"
검정 비닐봉지를 건네는 시어머니

꼬부랑 허리를 펴며
차표 한 장을 내밀면서 자 여기 있다
조심해서 올라가거라
어머님도 참
제가 차표 끊어도 되는데요
눈시울이 붉어진 며느리는
눈에 뭐가 들어갔나 천연덕스럽게 눈을 비빈다

시어머님의 섬진강 물기는
기분 좋은 아들의 웃음소리로
하동에서 마산까지 시끌벅적하다

그녀는 차창 밖에 비치는
시어머님의 손때를 만지작거리며
남편이 이것들을 좋아했구나
초록이 물들어 있는 섬진강 모래밭이
뽀글뽀글 사부작거리는 참게와 재첩 뿌연 국물에
파란 매운 고추와 마늘 그이의 시원한 웃음에서
시어머님 품이 둥둥 떠다니는 고향 향기가
하동에서 마산 가는 차 안에서 끊이지 않고 웃는다

그 남자가 좋아한다는 섬진강에서 나는 생물에
발걸음이 가볍다

제목 : 시외버스터미널에서
　　　섬진강이 타다
시낭송 : 최명자
스마트폰으로 QR 코드를 스캔하면
시낭송을 감상할 수 있습니다

2부

뭐 ～하노

새벽녘 논밭에서
갱이 호미로 어둠을 털어 내시든 옴마
뭐하노
해가 중천까지 떠있구면
뭐하노 ～
삽짝걸이가 시끌벅적하다
옴마 고함이 온 집안에 쨍쨍 울리모
방마다 잠자던 아들이 눈을 비비며
후닥닥 방문을 차고 나온다아이가

가부 아닌 생 가부가 된 엄마

아부지는 객지에 오라버니 공부 시킨다고 돈벌이로 가고
일이 되고 썽이 나모
우리들한데 화풀이 한다아이가
엉가는 밥 안 해 났다고 두들겨 패면 아무 말도 못 하고
오롯이 맞고
내는 때리려고 하모 옴마를 꼭 안아버린다아이가
그라모 이문디가시나가 안논나 이거 나아라 안카나
가시나가 힘만 쎄 가지고 마 탁 ～
비시시 웃으시고

34

남동생은 고방 속에 쏜살같이 숨어 버리고
여동생은 줄행랑치다가 고개를 힐긋힐긋 돌리모
저 호랭이가 물어갈 년 안 오나
안 오나 ~
있는 대로 고함을 지른다아이가
한참을 지르고 나모 힘이 달리는지
적량 댁이 집에는
한바탕 무대 없는 희극이 끝나고
바람에 구름 날려 가듯이
불꽃은 사라진다 아이가

돼지게 마즌 언니가 안쓰러운지
어짜노 마이 아프재, 빨간약을 호호 불며

니는 누구 닮아서 이리 고집이 쎄노 참 답답한 가시나
한 마디 던지시고는
남새밭에 풋고추 한 줌 따서 된장에 푹푹 찍어서
살강에 꽁보리밥 한술 찬물에 말아 잡수고는
아이고 살 것 같다 휴 ~

아까 내가 미안데이
뭐 ~하노

쪽파 할매

산전수전 다 겪은 쪽파 뿌리 할매
몸은 벌겋게 타도
정신은 아직 팔팔하다며 골이 난 피부를 드러내며 자
랑한다아이가

시장통에 앉아있으모
심심찮게 가시나 머시마 아지매 아재 할매 할배도 한
번씩 눈길 주기도 하고
짓궂은 아재는 이리 만지고 저리 만지며 아직 쓸만하
니 안 하니 허락도 없이
남의 몸을 가지고 흥정한다아이가

기가 차서, 그래도 기분 좋다
내가 안 해 본 게 뭐 있노
남자를 가까이 못 해 본 게 흠이라카모 흠이지
그 나머지는 쓴맛 단맛 신맛 짠맛 매운맛 다 보고 나
니 홀가분하다

새끼도 많이 낳다아이가 남자가 없어도 새끼는 어찌
그리 생겨샀는지
지난 시절 생각해 보모 참 짓궂은 짓도 많이 했지
기분이 더러운 날은 못된 놈 콧구멍을 쑤시며 눈물깨
나 흘리게도 하고
기분 좋은 날은 짭조름하게 분칠한 깊은 맛을
밥상에 올려 주모 뼈다귀 국물에 땀을 뻘뻘 흘리며
기운 난다는 그놈들 모습 보모, 그래 기분 좋았다는
쪽파 할매

그런 세상 살다 보니 어느새 이렇게 머리가 하얗게 변
해 버렸다아이가
그래도 속은 청춘이다
만년필 촉 같은 푸른 꿈을 세우고
달구지에 커피 파는 아줌마처럼 시장통에 쪼그리고
앉아 있다아이가
또 다른 세상살이 주인을 기다린다

내 좀 사 가이소, 내 좀 사 가이소 종자가 쓸만 함미
더 후회 안 할 깁미더
쪽파 뿌리 할매가 시장통에 앉아 눈이 반짝반짝 빛
이 난다아이가
세상살이 돌고 도는 거라 캐 사면서 그 속에 우리가
있다 안카나

호롱불

벽과 벽 사이
네모난 액자에는 무언의 빛이
축문을 읽는 듯 멈추어 있다

어머니는 모시 적삼을 꿰매고
아이는 우주여행을 하는지
책장을 넘긴다

우미愚迷한 시절 탓인 듯
찬바람이 등에 바짝 매달릴 때
장롱 속 내의를 꺼낸다

누워 있는 시간을 부추기며
목마름에 토해내는 평정의 목줄
어머니는 달빛 든 문지방을 훔친다

알 수 없는 이승으로
생이 틀어진 어머니

희미한 호롱불 너머
세월의 자전거 바퀴가
울퉁불퉁한 길바닥을 핥으며
잊었던 기억을 빨간 꽃으로 물들인다

민들레

키를 키우지 않아도
앉은 자리마다 가업家業을 이룬다

세찬 바람에도 당당하게
얼굴 한 번 붉히지 않음은
스스로 단련된 성품이며

뭇발길에 밟힐수록
끝까지 포기하지 않는 것은
살아갈 이유를 알았기 때문이다

햇살이 무릎을 내어 주는 오후
가족을 위해 빈자리를 지키는 민들레

노란 꽃망울 가득
따사로운 미소 속에
하늘도 한가로이 머물고 있다

2부

생각의 차이

나에게 행복은 셀 수 없이 많고
나에게 감사함은 길이를 잴 수 없이 길고
나에게 고마움은 담을 수 없이 많다

울음으로 이 세상 와서 울음으로 가는데
옷 한 벌이면 되고
땅 한 평이면 되는 것을

가만히 눈을 감고 생각하니
복도 많이 받고 산다

한걸음 발자국마다 생명이 걸었고
두 팔 흔들리는 각도마다 생기가 활발했고

동전 같은 얼굴에는
세상 돋보기로 보이는 인생의 질이
정원을 이루고 있다

보지 못했던 것도 감사함이요
보이는 것도 감사함이요
살면서 볼 것도 감사함이다

인체의 2퍼센트 밖에 안 되는 두뇌의 무게

어떤 이는 실수로
달걀 하나를 깨트린 것에 감사하는가 하면
어떤 이는 달걀을 깬 것에 원망하고 꾸짖는다
행복과 불행은 자신 생각의 차이가 아니겠는가.

내 고향 하동

가을 들판의 하늘에
뭉게구름 두둥실 떠가고
새소리 풀벌레 소리도 정겹네

저 멀리 애야, 부르는 어머니 목소리
가랑비 젖어들 듯
가슴에 그득히 스며드네

사방을 둘러봐도 그리움만 보이는
내 고향 하동에는
섬진강 푸른 물이 바다로 흐르고
맑은 공기는 지리산을 휘감네

어머니 숨결 같은 시야視野
파랗다가 빨갛다가 잠자리처럼 날아다니고
송아지 울음으로 산천을 깨워
가을 깊은 곳에 메아리로 울리네

내 어릴 적 뛰어놀던 그곳
세월은 수십 번 변했건만
내 고향 하동은
언제나 그 자리에서 빛나고 있네

제목 : 내 고향 하동
시낭송 : 박영애
스마트폰으로 QR 코드를 스캔하면
시낭송을 감상할 수 있습니다

샤프란 향기의 치매

샤프란 향기가 바람에 날려
사방으로 퍼지는 때도 있었습니다

그가 언제나 그 자리에
아름다운 향기이기만을
우린 간절히 빌었습니다

어느 날부터인가 샤프란 향기가
저체온 현상으로 시들시들하더니
의식을 잃어 갑니다

하늘에서 별이 울고 있다고 우기기 시작하더니
이젠 별을 따 주기로 했다고 생떼를 씁니다

어디에서 엇갈린 정신세계일까요

샤프란 향기를 가만히 맡고 있으면
코끝이 아려옵니다

그 고운 향기는 어디로 가고
땅벌같이 사나워진 모습에 가슴이 철렁 내려앉습니다

잃어버린 그 향기를
언제 다시 찾을 수 있으려나
샤프란 향기는 가깝고도 멀게 길을 잃었습니다

봄, 새가 되어 날다

햇살을 깨무는
직박구리 새 한 마리
살랑이는 바람 소리로
비좁은 창문 틈새에 펄럭인다

누구를 기다리며
저토록
살구나무에 걸터앉아
노래 부르는 걸까

그리움일까
외로움일까

몇 생의 어스름이 순간적으로 지나가고

이슬을 태우는 아침 햇살
연둣빛 문양을 환히 밝힌다

가지와 가지를 오가며
날개를 하늘하늘 떨다가
뜰 안에 뭉게뭉게 피는 살구꽃 향기
입에 물고 날아간다

잊히지 않는 그리움

낙엽 사이를 비집고 들어오는 햇살
빗방울 고인 손바닥에
그림을 그린다

어머니가 떠놓은 정화수에
무지개 꽃 그림이 벽화처럼 걸려
그간 살아온 이야기를 한다

춥다
덥다
차 많이 다닌다. 차 조심해라
밥 많이 먹지 마라. 살찐다
세상살이 무서우니 사람 조심해라
걱정 많은 액자에서
잔소리가 수시로 들린다

어디 저만치
눈을 떴다 감은 풀벌레 소리
미끄러지듯 사라지는 노을 속
자신을 다독이는 자애로
어렴풋이 밤하늘에 별 하나가 유난히도 반짝인다

잊히지 않는 그리움
어둠을 깨고 촘촘히 내려와
따뜻한 미소로 나를 맞이한다

구월의 물결

그녀의 하얀 고무신에서
파도 소리가 들립니다

찰방찰방 모판을 노 젓는 발 갈퀴로
새로운 희망을 노래합니다

바람이 그녀의 앞치마에 닿으면
아이의 배고픈 소리로 물결칩니다

뒷그림자 앞세운 걸음걸이처럼
그녀의 땀방울은
먼 훗날 배고픔을 달래는 향수로
바람에 흔들립니다

가을은 지금 도착하는 중입니다
그림자의 그림자도 익어가고 있습니다

머리 위에 떨어지는 햇살
파란 하늘이 키우는 황금빛 들녘
주렁주렁 영글어 가는
웃음소리가 들립니다

농경시대의 한들

항아리를 이고
우물에서 물을 길어가던 때
땡초가 시어머니의 시집살이보다 매웠을까

한 시대 지난 한들은
새 살림살이로 트랙터 소리
하늘땅 뒤흔드는 노랫소리로 요란했다

추스르는 감정이
자꾸 마음을 파고든다

모내기가 끝나면
새참의 정겨움으로 한낮의 수고를 잊었다

물 위에서 졸던 학이 사부작거리는 발소리
논두렁에서 산으로 강으로 점점 멀어지고

생의 속도는
서슬 퍼렇다

아이의 스마트폰에서 보는 농경시대 풍경이
그때의 힘든 기억조차
추억으로 가물거린다

47

2부

나는 행복한 사람입니다

숲속을 걸으면
숨 쉬는 오늘의 내가 있으므로

둘레길 호수를 걸으며
물의 풍경을 감상하는 해안이 있으므로

산꼭대기에 올라 사방을 보니
나에게 먼 거리의 작은 물체도
감지하는 시각이 있으므로

음악처럼 그리움이 있고
새처럼 노래 부를 수 있는 희망이 있으니
참 좋은 무채색의 꿈

코끝까지 차오르는 슬픔도
나를 확인해 주고

미간에 아름다운 꽃이 피어나는
나는 행복한 사람입니다

가을 찬미

햇살이 비치는 나뭇가지마다
붉게 물들어 가는 열매

아버지의 피땀이 밴 손길과
노심초사하던 어머니의 눈길이 머물러 있다

다랑논 언덕배기
노란 달개비꽃 피어오를 때
여름 땡볕 앞세우고
일구어 온 삶의 여정

가을볕 아래 부끄러운 듯
바람에 흔들리는 코스모스가
가슴 한편에서 아련하다

분주한 일상을 깨우는 들판
황금빛으로 고개 숙인 알곡마다
눈시울이 붉다

제목 : 가을 찬미
시낭송 : 박영애
스마트폰으로 QR 코드를 스캔하면
시낭송을 감상할 수 있습니다

3부

흙으로 돌아갈 때

내 젊은 날의 시간은
어서 어른이 되고 싶어
소꿉놀이로 어른 흉내를 내곤 했다

톡톡 횃불 터지는 상념이
눈으로 형체를 알 수 없는 호르몬처럼 움직였다

빛으로 익어가는 세월을 갈망하며
흐느껴 울었던
내 젊음
이제
가슴에서 점점 멀어져 가는 열정

흙으로 돌아갈 때
거기에 내 흔적은
무수히 물결치는 절정의 에너지와
감사함이 함께하는
지난 세월을 이야기할 것이다

때 묻은 순수

쏟아지는 별빛 사이로 반딧불이 춤추는 시절

소, 여물 먹는 입을 봐도 즐거웠고
닭이 지렁이 쪼는 모습을 보고도 까르르 웃었다
친구들과 오디 따 먹고
빨개진 입술을 마주 보며 웃던 그 시절

흙먼지 날려도 마음은 즐거웠다
일 년에 한두 번 장터에
가설 영화 들어오면 눈물깨나 훔쳤고
동네 어른 저승 가시는 날
철모르는 아이들 아무 영문 모르고
상여꾼 구슬픈 소리에 신나게 놀았다

꽁보리밥 김치 하나에도 부모님께 감사했고
언니 옷 받아 입어도 옷이 있어 즐거웠고
동생들이 있어 동무 되고 행복했던 그 시절

지금은 쌀밥에 고기 양껏 먹을 수 있어도 허전하고
예쁜 옷 좋은 집에 살고 있어도 불평은 더해지고
부모님 재산 싸움으로 가족이 멀어지는 현실

가난해도 옹기종기 둘러앉아 웃음이 담장을 넘던
그때가 사뭇 그리워진다

나도 외로울 때가 있다

이리저리 오전 시간은 흐르고
화단에 꽃씨를 심고
조심스럽게 물을 뿌린다

일요일 점심 함께할 사람을 찾아보니
다 바쁘다고 한다

결혼식에 가고
코로나 걸려 있고
동창회 가고
남편 아파 병원 있고

나의 시 쓰기는
셋째 연에서 멈추어 버리고

음악이 흐르는 거실에서
쓸쓸히 차 한 잔 들고
멀리 밖을 내다보니

새 한 마리가 창틀에 앉아
나도 외로울 때가 있다고 한다

소녀의 기차

골목 어귀에 한 소녀가
앉아 있다

손가락과 입술 사이에는
이미 견딜 수 없는 조각난 기억이
되살아나고 있다

질퍽한 부끄러움을 잊은 채
시선은 공중으로 흩어지고
아무짝에도 쓸모없는 담배 연기를 내뿜는다

마치 소낙비에 홈이 팬
진흙 바닥 같은 모습
한순간의 유혹이
의지를 배반한 흑장미를 보는 것 같은

불지 말아야 할 바람
꼼짝달싹할 수 없는
꿈이 보이지 않는 곳에서
간절한 빛을 기다리는
소녀의 두 손

뜻 모를 시간이 엄습한
열일곱 소녀의 가슴으로
뻐끔뻐끔 담배 연기를 내뿜는 오열
종착지도 없는 기착지에서
내일로 가는 기적 소리를 기다린다

오월이 오면

아카시아 숲길을 걷다 보면
가물가물 아버지의 얼굴이 하얗게
피어 있습니다

일 년에 한두 번
밀물처럼 왔다가 썰물처럼 사라지곤 하던 아버지의 모습
오월이면 아카시아꽃 향기 맡는 소녀는
가시에 찔린 그리움에 울었습니다

초록 하늘이 갈색으로 퇴색되어도
간절한 추억 한 토막 없이
아버지라는 자리에 기억만 남긴 채

눈을 감으면
그 얼굴을 찾아 헤매는 소녀는
아카시아 꽃잎처럼 날아다녔습니다

오월이 오면
아카시아꽃 찔레꽃 밤꽃 이팝나무꽃
하얀 꽃이란 꽃은 지천으로 피는데

소녀의 그리움도 모른 채
빗물에 불은 도랑물 소리만이
도란도란 속삭이다 멀어집니다

연등의 반영

사찰안 등불에 달린 이름들은
바람에 흔들리며
봄 여름 가을 겨울 내내 그 자리에 있습니다

살아 있는 자와 죽은 자가 매달려 있지요
촛불을 태운 성찰의 향과
향불을 태운 해탈의 향이
과도한 욕심을 내려놓으라 하지요

가지고 갈 것도 아니라고
내려놓으라 하지요
미미한 사람인지라
촛불과 향불 앞에 서는 동안은
가벼운 옷가지 하나만 걸친 것 같지요

시간이 흐를수록 더 커지는
욕심 때문이겠지요

부끄러운 사람인지라
부처님으로 살 수 없으니
채워지는 욕심에
한없이 비우라는 말씀을 새기며
머리 숙여 감사함으로 그 뜻을 받들지요

3부

돌리고 싶은 그때

아직 비워두지 않은
아침 햇살을 따라 들어오는 공기

나의 전신을 스캔하며
매화 향 한 모금 입안에 머금어 가글하는 소리
충치를 다 씻어 내리는 것 같은 오늘

미열의 청춘을 끄집어내어
곱게 단장해 본다
아지랑이 같은 숙녀의 뒷모습
머리카락을 찰랑거리며
가쁜 숨 몰아쉬는 소리가 들린다

그 언제였던가
날은 저물고 호박처럼 달의 속살이 밴
청춘의 숨소리가 활발할 때
부엉이 소리만으로도 두근거리던 날이 있었다

내 젊음을 떼어간 시간을 돌려서
청춘의 자리에 서 있고 싶다

오늘따라 배고픈 아이처럼 떼를 쓰고 싶은 것은
세월이 가슴까지 차고 올라
서글픈 생각이 들기 때문이다

무시로 흐르는 눈물

철 지난 햇살이
흑백 사진 속에 멈추어서
무시로 마음 자락에 흔들린다

기쁨과 슬픔이 뒤섞인 시절
나뭇가지에 열린 사랑으로
해거름 어둠이 두렵지 않다

도란도란 허기를 잊은
구름 속에 꽃이 피어나듯
세상 사는 이야기가
어머니 아버지 품 안에서
따뜻하게 열린다

분에 넘치는 재물이 아니라도
모자람에서 넘치는 행복
나이 들어 가족이라는 소중함에
무시로 눈물이 난다

사랑은

사랑은 현란한 파도이다가
때로는 심심할 정도로 잔잔한 바다이다

사랑은 황홀이거나

파국을 몰고 오는 바람이기도 하다

사랑은 예측할 수 없는
별들이 반짝이는 그리움이거나
지나간 세월에 펄럭이는
아픔이거나 기다림이다

사랑은 합심하여 만드는 둥지이거나
마음에서 우려내는
산사의 그윽한 목탁 소리다

그리운 찔레꽃

눈꺼풀에 덮인 저녁
가슴속에 수없이 반짝이는
뭇별 중에 나의 어머니도
초여름 찔레꽃처럼 화사하게 웃는다

아침을 깨우는 까치 소리가 들린다
반가움에 눈을 뜨려 해도
육신은 습한 무게에 눌러 바둥거리고
쓸쓸함을 못 견뎌 뒤척이다가
살금살금 빈 가슴으로 들어오는
햇살을 넌지시 잡는다

좋은 소식 온다는 까치 소리에
하늘 깊이 바라보듯 눈을 뜬다
초야에 묻혀 살던 어머니 닮은 찔레꽃 향이
한품에 달려든다

어머니의 봄날

온기가 나비 더듬이를 녹일 듯
진달래 벚꽃이 흐드러지게 피던 날

어머니의 빳빳하게 풀 먹인
하얀 모시 저고리와 검정 치마가
분홍 봄꽃에서 일렁거린다

동네 어머니들
젊음의 화염을 다스리는
장구 소리와 북소리가
동네 어귀를 돌고 돌아
어깨를 들썩이며 쩌렁쩌렁 부르던 농요

세월이 흘러
북두칠성조차 늙어버리고
달 속의 계수나무는
보일 듯 말 듯 희미한 은하수 길로 사라지고

푸른 하늘 초록 들판에
어머니의 새색시 미소만
어제와 오늘을 잇는다

꽃과 나비

나비가
꽃의 향기를 맡기 전에는
번데기일 뿐입니다

꽃의 향기를 알게 될 때
한 마리 나비가 됩니다

꽃 속에는 생명의 힘이 있어
향기는 더 멀리 날아갑니다

나비는 꽃을 찾아와
꽃 이름을 불러주고 갑니다

그때 청보리밭

나에게 초록 물결은
가난의 몸부림이 서려 있는 땅

생명의 질긴 역경을 도닥이며
너나없이 논고랑을 밟았다

밟을수록 튼튼해지는 푸른 싹

어머니가 배곯은 아이를 안고
젖이 나오지 않는 안타까움으로
아이의 울음을 달랬다

청보리밭이 휘파람 소리를 낼 때쯤
고개 숙인 풋보리 알은
아이들의 허기를 달래주었다

입술이 시커멓게 번지던 날을
지금은 웃으면서 이야기할 수 있는
청보리의 푸른빛은

풍족함에서 또 다른 결핍으로
흔들리고 있다

너를 보면서 꿈을 꾼다

피어서 아름다운 꽃이여

베풀면서 숙성되는 향기여

어디서 피어 어디에서 지든
향기로운 여운으로
오래 지워지지 않는
사랑의 힘이여

그를 보면서
꽃을 생각하고
그를 보면서
향기를 음미하고
그를 보면서
꽃 모양을 생각한다

나도 그처럼 되려는
꿈을 꾼다

3부

동행

사람이 모이는 자리
그곳에 가면 꽃이 피는
사람이 있는가 하면
인정이 메마른 사람도 있습니다

꽃이 피고 향기가 나는 나무같이
사람 냄새나는
그런 자리이면 좋겠습니다

아무리 욕심을 내도
욕심대로 되는 것도 없습니다

사람과 사람 사이
베푸는 자비와 사랑만이
먼 길 오래 동행할 수 있습니다

외로움과 괴로움은 스스로 만드는 것

외로워도 괴로워도
다 함께 더 높이 더 멀리
희망을 향해 손잡고 걷고 싶습니다

생동하는 꽃길 따라 하하 호호
웃음소리가 먼 곳까지 울리도록
우리 그렇게 하면 좋겠습니다

4부

비를 기다렸다

똑 똑똑
누가 왔나 봅니다
반가운 손님이면 좋겠습니다
창문을 열고 고개를 내밀었습니다
반가운 손님입니다
얼마나 기다렸는데
겨울 동안 몸을 뒤척이며 기다렸습니다
말간 하늘과 별들만의 축제가 지루했나 봅니다
뿌옇던 하늘이 먹구름을 몰고 오니
반가움에 눈물이 쏟아집니다
한곳에 혼자 머문다는 것은 얼마나 외로움인지
함께하는 가슴이 조화로운 오늘
반가운 손님이 바로 너입니다
오늘 비가 내립니다
비를 마중하는 마음으로
환호하며 서로 볼을 비빕니다
갈망하는 것은 너무 긴 기다림입니다
자연은 부족하지도 넘치지도 않는 삶을 위해
바른 정신을 놓치지 말라고 합니다

콩

비를 맞는 알갱이는
조용한 세상살이에 하나의 맥脈을 심는다

알갱이가 눈꺼풀을 풀면
노랗거나 검은 동공에는
좁은 공간에 촘촘하게 인자仁慈를 박는다

숫자만큼 커다랗게 커가는 꼬투리 속

딱딱한 그늘에는
내일을 알 수 없는 오늘의 알갱이가
두려움에 서로 밀고 당기며 비릿한 냄새를 풍긴다

어느 순간부터인가
그를 포위한 어두운 빛을 품는 것을

하느님의 손이나 부처님 손이 아니면
누가 뚫어 주리오

초록 들판을 무던히도 밟고 다니던
그 안에 알 수 없는
퍽퍽하게 허물 벗는 알갱이의
작은 힘줄 터지는 소리

구속하는 손에는 구원하는 손이 같이 걷는다

4부

할머니의 관세음보살

오솔길을 서성이는 할머니

헛헛한 할머니의 가슴
훤히 보이는 시냇물에
주름진 각질을 벗겨내고
굳게 닫힌 마음의 빗장을 연다

관세음보살, 관세음보살, 관세음보살

눈을 감으면 밝은 빛이 흔들리며
무릎 구르기를 백 번 천 번

할머니의 허리춤은 너스레를 떤다

옆에 있는 사람은 돌아보면 없는 사람

누구를 위해
발길 닿는 곳마다 손바닥을 맞대는지

허연 갈대의 머리칼은
할머니의 촛불로 흔들리는
나무의 염원일까

할머니의 관세음보살은 어디에나 존재한다

비닐봉지에 저당잡힌 무의식

미세 먼지 속으로 걸어가는 길고양이들이
길목의 비닐봉지 속 먹다 버린
고깃덩어리의 썩은 냄새를 주시한다

발톱에 찢긴 비닐봉지에서
신분이 누설된 암호들

산과 바다. 내 아침 뜨락 풀잎에도
썩지 않고 떠다니는 비닐의 잔해가 있다
우리는 미세플라스틱을 먹고 산다

짐승의 울음소리로 각혈하는 오염의 바이러스는
인간에게로 퍼지는 인과응보에 과징금인 것을

고속버스를 타고 시골을 바라보면
언덕배기에 비닐봉지가 태극기처럼 펄럭인다

간편한 배달문화에 익숙해진 무관심이
나의 목줄을 잡아당기는 오늘날
갑자기 마음이 뜨거워진다

벤치의 날개들

누렇게 익은 사람들이 하늘을 본다
멍해지도록 자신을 말리면서
과거의 열정을 먹고 산다
새를 꽃을 풀을
외로움이 둘러앉아 서로 바라본다
걸터앉은 사람 애벌레처럼 졸고 있는 사람
침체의 시간이
앉았다 사라지고 다가오는 그림자들
늘비하게 놓인 숲속 벤치에는
희비가 엇갈리는 체온들이
건조한 바닥을 뒤적이며 소일을 한다
구릿빛 하늘에 그늘 한쪽
오래된 벤치의 풍경을 바라보면
멀어져 간 고요와 혼란스러운 추억이 얽혀 있다
바람처럼 제각기 다른 모습
흔적 없이 숨소리만 흘리곤 하던 그곳
커피 한 잔을 든 사색과
나무 사이를 빠져나오는 햇살
도란도란 가슴을 깨우는 웃음소리
저마다의 인생을 관조하며
허름한 벤치에 나란히 앉아 있다

산사에 가면

새소리 나는 한적한 산기슭
바람 소리 들썩이는 마음 자락
회심의 발걸음 산사 처마 끝에
풍경 소리로 매달려 있다

군데군데 세속의 때 씻어주는
타오르는 축문의 냄새

맑은 물이 흐르는 도랑의 기운
충혈된 삶의 고뇌에
새로움을 밝혀 주는 산사

나의 어리석은 연못에
스님의 목탁 소리와 경 읽는 소리가 담긴다

질퍽한 늪에서 오리 날개 파닥이듯
정신 수양의 오물을 녹이면
가슴팍 한 곳에 연꽃 한 송이
새 빛을 받으며 오동통하게 피어난다

숨 가쁘고 거칠어진 삶의 회오리에
비구름 바람을 잠재우며
평온으로 숨 쉬는 산사의 풍경은
나의 부족함을 깨워 참선에 닿게 한다

4부

나들이

아침 햇살이
그에 땅을 짚고 나무를 짚고 꽃을 짚고
일어선다

조잘대는 햇살은
그의 머리에 혼을 넣고
상념을 넣고 몸짓을 넣으며
무심히 앉은 심장을 툭 하고 건드린다

어지럽지 않은 햇살은
그에게
천연색 빛을 담고 모양을 내고 옷을 입힌다

그 속에
그의 눈은 여러 가지 생각으로
개나리 재킷과 목련 바지를 입고
벚꽃 머플러를 두르고 걷는 모습은
시간에 구속되지 않은
하루라는 자유를 봄과 함께 즐긴다

누구에게도

빼앗기고 싶지 않은 짧은 시간을

커다란 산처럼 누리고 싶은 오늘

그 시간을 간직한

어제가 되고 내일을 꿈꾸는

빨간 창공을 날아다니는 새가 된다

제목 : 나들이
시낭송 : 김락호
스마트폰으로 QR 코드를 스캔하면
시낭송을 감상할 수 있습니다

4부

국화꽃

시골 처녀가
어느 날
해 질 무렵 징검다리를 건너다
물속에 아름다운 꽃 한 송이
자신인 듯 바라본다

너무나 탐스럽고 예뻐서
건지려다 발을 헛디뎌
그만 물에 빠지고 말았다

지나가던 총각이
지게를 받쳐놓고
빠르게 처녀에게 손을 내밀었다

그 손에는 이미 꽃잎 속살 같은
호흡이 뛰고 있었다

가을 들판에 무르익는 곡식처럼 그들의 사랑은
알알이 물들어 갔다

그들의 인연은 하늘이 맺어준
국화꽃으로 피었다

10월의 마지막 밤

멀리서 불어오는 바람

꽃 그림자로
내 품에 날아와
기억 속 커튼을 젖히고 있다

창밖 하늘의 별은
땅으로 쏟아져
갈잎 사이로 10월을 배웅하듯
여기저기서 반짝인다

피었다 지는 꽃일지라도
일 년 뒤에 또 일 년 뒤에도
살아 사방에 퍼지듯

그대 떠난 시간
나를 웃게도 하고 울게도 하는
10월의 마지막 밤

하늘에 새겨 놓은 목소리가
푸르기만 하다

주문하지 않은 시간

떨어지는 나뭇잎을 주워서
가만히 그 나무 밑에 묻는다

세월이 가둔 그 공간에
초록 싹을 틔우는 봄볕
소낙비의 칼칼한 시냇물 소리와

가슴이 두근거리는 표정과
참새가 날아오르는 햇살도
그가 남긴 다홍빛의 채널들이다

살아가는 초침의 반란은
산으로 강으로 생명의 터전을 일구는

수없는 사람들이 자신만의 집을 짓고
그 이름 앞에 무릎을 꿇고 회합한다

주름은 칼보다 강한 인내로
모든 통증을 녹여낸다

봄꽃같이 살아온 이야기가
주문하지 않은 시간 속에서 회유하듯
애잔하게 저며 오는 떨림이다

과거를 분실한 현재의 소리

생솔가지 군불 땐 연기에
어머니의 눈물이 흐른다

타버린 연무 속으로
나의 눈물도 따라 흐른다

말간 하늘에
빨갛게 익은 고추가
대롱대롱 매달려 있다

고춧대를 뽑으면서
말라가는 가지의 서러움이
눈가에 고추씨처럼 배어 가슴 아프다

석양빛 타오르는 시간에
가스보일러가 귀뚜라미 소리를 낸다

캄캄한 밤
가로등 불빛이 달빛같이 웃고
뿌연 연기가 박꽃처럼 웃는다

과거를 분실한 현재의 소리가
귀뚜라미 소리와 가스보일러 소리로
번갈아 가며 운다

송편

대야에서 달이 뜬다

할머니 손바닥에 보름달
어머니 손마디에는 반달
아이의 손놀림은 초승달

솔향 머금고
산 넘고 물 건너
도란도란 모여 달을 빚는다

빨간 설렘이
가을 들판을 이고 와
또 한 장의 추억을 만들고
옹기종기 둘러앉아 행복을 빚는다

집마다
가족들의 웃음은 담장을 넘고
무쇠솥에서는 보름달이 익어간다

제목 : 송편
시낭송 : 박영애
스마트폰으로 QR 코드를 스캔하면
시낭송을 감상할 수 있습니다

콩 도리깨

가을바람이 불어온다
덜컹거리는 가슴은
북쪽에서 남쪽으로
산비탈을 타고 고요히 물들어 간다
마당에는 콩 도리깨
쌕쌕거리며 하늘을 뛰어올라
내려치는 소리
어머니 머리에 쓴 수건이
바람에 나풀거린다
조용히 스며드는 침묵
한낮의 땀방울은 젖은 수건에 스며들어
뚝뚝 떨어진다
불꽃처럼 부서지는 상념들이
삶의 단말기로 알곡들을 출력한다

가을 강

너를 안은 가을은
발걸음마다 물들어 음표를 만들고
절정의 음률 따라 춤을 춘다

떨어질 듯 매달려 있는 열매는
누구에게도 편애하지 않고
모두에게 공평한 듯

받아든 가슴의 빛깔은
손끝마다 오색으로 물들어
서로에게 말을 건다

설렘으로 맴도는 잠자리 날갯짓은
깊어지는 가을 강을 따라
유유히 멀어진다

아시나요

민둥산에 바위같이 살아 본 적 있나요
가을걷이 낱알을 주워 본 적 있나요

까마귀 새까맣게 들판에 날아 앉고
기러기 끼룩끼룩 서산을 넘을 때
가마솥에 소여물 끓이는 냄새가
온 집안을 진동하는 것을 보았나요

서산 비탈을 타고 땔감을 이고 지고
동네 어른, 아이 할 것 없이
줄줄이 개미처럼 자박거리는 소리를 들어 보았나요

갈퀴로 산을 긁은 나무 밑에는
낙엽 한 잎 없는
그 시대의 가난을 아시나요

꽁보리밥 살강에 주먹밥으로도
고맙다는 행복을 느껴 보셨나요

별은 하늘을 덮고도 모자라
우물 속까지 비추던
산골 마을 나의 추억을 짐작할 수 있나요

4부

5부

할머니의 연가

멀리 동트는 새벽은
100세 할머니에게도
푸른 새싹으로 돌아오는데

몸뚱이를 가누기가 천근만근
묵은 그리움조차 가물가물하다

할머니의 막막한 시대
암울했던 시간을 뚫고
어김없이 찾아오는 소식 있었으니

봄이 되어 싹이 트고
가난한 나무들의 상처에서 꽃이 피면
배고픈 아이들의 키가 자랐다

한낮 뙤약볕 아래
앉은 자리 흥건하게 젖어도
할머니도 꿈같은 청춘이 있었다

5월의 향기

미처 사랑하지 못했던
그대 옹이 진 아픔도
가슴에 닿지 못한 개울물 언저리에
좁다란 풀잎이라도 좋다

미백 되지 못한 살갗을
오롯이 푸르게만 물들이는
그대 앞에 선경으로 설 수 있는
오월이 좋다

찔레 향 퍼지는 먼 곳에서
가까이에 맴도는 푸르름으로
아릿한 자태를 드러낸다

보는 것만으로도
굽어 있던 허리를 펴고
푸른 물결 춤추듯
오순도순 둘러앉은 오월의 향기

푸르지 않은 곳까지
오월의 전사가 되고 싶다

인생길

우리가 살아가는 것은
자유입니다
여유입니다

삶의 긴 터널에 봉착할 때
하늘 한번 쳐다보고
먼바다를 바라봅니다

파도에 끼인 햇살
잠시 쉬었다가
희망의 빛을 향하여 걸어갑니다

시시때때로 변화무쌍한 인생길

샐리의 법칙만이 있는 것은 아닙니다
머피의 법칙도 늘 내 곁에 있다는 것을
염두에 두어야 합니다

우리가 가는 길에 쓴 잔의 고뇌
하늘에 펄럭이는 깃발이 되도록
열심히 살아내는 것입니다

코로나를 이겨 내는 것은
어려워도 살아 있는 기쁨입니다

꽃이 피게 하소서

저 마른 들녘에 서서
고통에서 몸부림치는
어미 잃은 작은 새들에게도
봄의 기운이 솟구치는 힘을 주소서

눈을 뜬 어둠에서 사경을 헤매는
길 잃은 자들에게 허영심과 오만을 버리고
지혜의 언덕에 집을 짓게 하여 주소서

욕심으로 병들고 지친 자들에게
봄의 수액으로 막혀 있는 혈관을
씻고 뚫는 힘을 주소서

찬란하지는 않아도
살아 숨 쉬는 그들에게
눈물로 외롭게 하지 마시고
한 조각 빵이라도 감사함과 기쁨이 넘치도록 하소서

생명은 어느 곳에 있어도 소중하나니
빛과 물 같은 봄이 되어
마른 가지에 새싹이 돋듯
구석구석 후미진 곳까지
사랑의 손길로 꽃이 피게 하소서

초록이 그리움

가을 숲길을 걷다 보면
저만치서 빨간 꽃이 하늘거린다

언제였던가 잃어버린 언덕배기 아래
줄 친 경계선에 고운 물이 들 때까지

바라만 봐야 하는 기다림
가을 숲길은 나처럼 아프기만 했다

언제까지라 할 것 없는 기억마저
빨갛게 익어서 떨어지는 순간
찾아 돌아오는
너와 나의 실핏줄 같은 언약

접목되면서 응집하는
가을 뙤약볕에 능금같이 웃는 모습
연극 무대에서 대사를 외우듯이
그리움은 자연스럽다

빈자리

그녀는 항상 희생적이었다

그녀보다 그대를 소중히 여기는
여백에 커다란 부피였다

중독된 바람은
낡은 앨범을 뒤적이며

붉은 입술 헐어 노래지더니
뭐가 그리 바쁜지
그녀는 이승 길 이별로
붉게 달구는 가마솥에 몸을 맡기는지

물소리 새소리 등에 지고
단칸방에 이름 석 자 붙이고
아무 말 없이
그녀는 고행 신선의 모습을 하는지

밀려왔다가 밀려가는 그리운 조각들이
가슴 쓰리게 아파서 움켜쥐는 꽃 자국

추적추적 지친 영혼을 달래는
빗소리가 입술을 깨물며

그녀의 가까이에서 먼 길까지의 서투른 당긴 줄은
밤을 새우며 가다듬을 수 없는 울음으로

빈자리
그녀는 지난 세월의 허망을 깨듯
작은 방안에는
무거움이 휘어내라며 떨고 꺾이는 여운이
오르락내리락 상승과 하강을 반복한다

5부

무언의 충돌

수많은 일이 흘러들어온다

구두 밑창의 억울함을 모르고
반짝거리는 구두 겉만 보던
감각들이 하나둘 나타난다

샘물과 빗물이 섞여서 흐르는 강줄기에
일상의 소리를 간파하려 하지만
이탈된 언어들만 옹알이하듯 한다

꾸며진 말들이
시야가 좁아진 무언의 깊이는
가슴에 통증으로 출렁인다

토색에 묻힌 물줄기는
골을 따라 마구 흘러가고
눈과 마음이 여과되지 않은 감정들은
구름처럼 정처 없다

햇살에 졸고 있는 시간을 깨워
모자람과 넘침을 조율하며
묵언의 충돌은 답을 받아 적는다

축제

비워서 가득 찬 공간은
그 사람 인생에 하나의 작품입니다

음악이 있고
노래가 있고
춤이 있는 그곳의 웃음은
행복 바이러스입니다

이정표도 없는 장소에
사랑이 있고
충실한 대화를 하는 것은

삶의 행로에
작은 씨앗이 튼실한 뿌리를 내려
많은 사람의 꽃으로 피어나는
하나의 선물입니다

빛이 있어 빛나는 것이 아니라
그대가 있기에 빛나는 것입니다

5부

약이 되는 관계

아무리 넓고 깊은 바다라 해도 물이 없으면
아무런 쓸모가 없습니다

아무리 산이 높고 휘넓다고 해도
나무가 없으면 죽은 산입니다

사람이 사람을 만나는데 깊이가 없으면
물 없는 바다와 같을 것이고

사람이 사람을 만나는데 정감이 없다면
민둥산 같은 산일 것입니다

마음이 전달되고
사랑이 담아지는 그릇으로
믿음과 신뢰로 물이 되고 나무가 되는
그런 약이 되는 관계였으면 좋겠습니다

서로에게 필요로 한 물과 나무같이

접시 이야기

우주 어느 곳에서 왔는지
밥상 위에 접시는 낱말을 주워 담는다
어제는 다람쥐가 나무속에 사는 이야기를 하더니
오늘은 염소가
산은 얼마만큼 저들의 지분이라고 주장한다
접시는 새벽안개 속에 붙들린
이슬 이야기도 하고
출렁이는 소나무 가지에 청설모도 등장시킨다
산과 들에서 뛰어노는
갖가지 색상들과
매운맛 떫은맛 단맛들이
어느 나라에서 왔냐고 묻기도 한다
프랑스에서 왔다고 하는 어느 접시는
가자니아꽃과 튤립
소녀의 수줍음을 담은 웃음을 띠며
우주를 돌고 돌아 온갖 꽃의 향기 가득 담고
각 나라를 순회한다고 한다
크고 작은 꽃접시는
밥상 위에 우아한 모습으로
접시로 인해 풍미의 언어가 생동한다

자신을 위로하는 힘

지금 빛이 보이지 않는다고
빛이 없는 것은 아닙니다
어쩌면 어둠에서 빛은
자랑스러움을 키우고 있는지도 모릅니다

조금 힘들다고 포기하지 말아요
어쩌면 지금
빛은 나의 인내력을 시험하고 있는지도 모릅니다
버틸 수 있는 만큼 버티다 보면
빛도 나에게 두 손 들고 항복할 것입니다

작은 빛 하나가
그대가 되고 내가 되고 우리가 되는
거대한 등불이 되듯이
가슴에 잠자던 촛불 하나가 셀 수 없는
어둠 속 가로등이 될 수 있다는 것
아무도 모릅니다

사람은 누구에게나 삶의 위기가 있습니다

버티면서 꼭 잡고 일어서는

힘을 길러야 합니다

그것이 성공입니다

바로 자신을 위로하는 힘입니다

 제목 : 자신을 위로하는 힘
시낭송 : 박영애
스마트폰으로 QR 코드를 스캔하면
시낭송을 감상할 수 있습니다

5부

고개를 끄덕이게 하는 노부부의 사랑

칠순 넘은 노부부의 모습에서
숙성된 장맛 같은 깊이를 보았다

그래 그런 거야
사랑이란 잔잔한 파도이다가 너울대는 파도이다가 폭
풍 치는 파도이다가
아침저녁으로 윤슬처럼 반짝이는 보석인 거야

갓바치 가게에서 영감이 머리 위에 모자를 이것저것
써 보는데
여고 소녀같이 의자에 앉아
영감의 얼굴을 물끄러미 쳐다보더니 빙그레 웃으며
당신은 아무거나 잘 어울려요
멋있어요
서로 마주 보며 웃는 모습에서
나비가 꽃을 보고 빙글빙글 원을 그리며 춤추는 모
습보다
아름답다

꾸밈없는 자연 그대로 순수함
새순같이 부드러운 사랑은
길을 가다 젊은이들의 주체할 수 없는
키스하는 모습보다 더 향기롭다

노부부 사랑의 부피를 보면서
사랑은 자연스러운 것이며
평화로운 것이며 아름다운 것이다
꾸민다고 꾸며지는 것이 아니다

누에고치에서 실올을 뽑듯이 정성이고 아낌이다

제목 : 고개를 끄덕이게 하는
　　　　노부부의 사랑
시낭송 : 조한직
스마트폰으로 QR 코드를 스캔하면
시낭송을 감상할 수 있습니다

꽃보다 당신

예쁘다
아름답다
꽃에서만 있는 것이 아닙니다

예쁘고 아름답게 가꾸는
그 사람에게서만
아름다움이 있는 것입니다

인간의 아름다움은
불운을 딛고 일어설 때
더욱 빛나는 것입니다

바로 당신이 그렇습니다

인품의 향기

오늘
너와 나 우리 함께 웃을 수 있는 것은
지문이 닳는 것처럼 오래 간직될 것입니다

오늘
너와 나 우리 함께하는 감정
파란 하늘에 수채화를 그렸다면
소중한 한 폭 그림으로
평생 너와 나 우리 가슴에 걸려 있을 겁니다

피고 지는 꽃은 그때 그 순간을
채우지 않으며 잊어버리지만
너와 나 우리의 웃음꽃은
심심하면 꺼내 다시 웃을 수 있는
소리가 됩니다

하얀 갈대 속을 헤집어 보면
세월의 힘든 흔적으로 겨를 내고 있지만

너와 나 우리는
언 땅을 깨고 일어서는 봄 싹이 될 때
비로소 하나의 소중한
회화의 작품으로
누구나 탐하는 우리 이름이
인쇄될 것입니다

인품의 향기가 평정에서 머물 때

5부

우리 삶의 불꽃이 되자

외롭지 않으려면 안부를 묻자
상대가 뭐 하는지 함께할 수 있으면
묻히기도 하고 묻어두기도 하는 불꽃이 되자

우리 삶의 불꽃이 되려면
조금 피곤하더라도 먼저 친구가 되어 주자
같이 외로움을 떨치는 불꽃의 즐거움이 되자

사람은 혼자서는 살 수 없듯이
더불어 사는 신체적인 기능을 무시하다 보니
우울증이 오고 외로워지는 것이다

피하려 하지 말고 자존심 조금 내려놓으면
불러 주는 사람이 많아진다
내 주장보다 상대의 말에 귀 기울이면
함께하는 시간은 세월 가는 줄 모른다

외롭다고 말하지 말고
같이 가는 삶의 불꽃으로
우리 즐겁고 행복하다고 말하자

제목 : 우리 삶의 불꽃이 되자
시낭송 : 박영애
스마트폰으로 QR 코드를 스캔하면
시낭송을 감상할 수 있습니다

6부

자신을 행복하게 하는 일

사랑은
빈 곳에서 꾸밈없이 온다
부연(浮煙) 속에서도
보이는 것이고
비가 장대같이 쏟아진다 해도
찾을 수 있어야 한다

사랑은
바람이 세차게 불어도
손에 잡은 것을 놓지 않는 것이고
햇볕이 따가워 피부를 헤집는다 해도
묵묵히 그늘을 기다리는 것이다

사랑은
마음의 빈터를 채우는데 요란스러움이 없어야 하고
생각의 물이 흐르는 주위가 습하지도 않아야 하며
채우고 비우는 것에 파도가 없어야만
자신을 행복하게 하는 일이다

제목 : 자신을 행복하게 하는 일
시낭송 : 박영애
스마트폰으로 QR 코드를 스캔하면
시낭송을 감상할 수 있습니다

연(緣)

나무에 꽃이 피고
꽃잎이 떨어진다 해도

슬퍼하지 말아요

꽃잎 아문 자리에
새로운 꿈이 자라고 있어요

바로 당신이에요

인생

어느 날은 땅에 붙은 채송화이다가
어느 날은 큰 나무에 피는 복사꽃이다가
어느 날은 세상 사람들이 부러워하는 열매이다가
어떤 날은
또 뿌리이다가
가지이다가
잎이다가
꽃이다가
열매이다가
끝없이 회전하는 바퀴이다가
머물고 싶은 곳에
살포시
향기 나는 꽃으로 安住하고 싶다

진정한 사랑이란

진정한 사랑이란
가슴을 움켜쥐고 소리 없이 우는 것

밖으로 표현할 수 없는
아림의 안타까움으로 눈물 나는 것

그래서
더 할 수 없는 그 시절의 회상에서
그리워하고 보고 싶어 소리 지르며

가슴에 눌러 두었던
"사랑해"라는 한마디가
파도처럼 밀려다니면서 아파한다

윤회

나의 비밀 창고에 꽃은 지고
착색되지 않은 홀씨 하나가
우주 어느 곳에
바람으로 날아다닐 것이다
날아다니다가
나의 생을 다하고 나면
뿌리로 내려야 할 어느 곳에
또 다른 나의 존재로
영혼 하나가
비밀 창고에 꽃을 피울 것이다

사랑에 대한 견해

사랑의 온도는

마음에서 캐는 생각에 따라

수석이기도 하고

보석이기도 하다

6부

현재화된 삶 속의 이유 있는 형용들

박철영 (시인 , 문학평론가)

시간이 흘렀다. 그런 뒤 한참을 더 지난 뒤에서야 흘러간
일들이 생각이 났고 그럴 때마다 타자화된 자신의 삶을 살
아준 시간이 있었다는 것을 알았다. 남들처럼 보란 듯이
돋보인 삶을 살려 노력했지만, 그 또한 그렇지도 못했다
는 것을 많은 세월을 보낸 뒤에야 깨닫게 된다. 자신과 타
인을 의식하지 않았던 행동과 곧이곧대로 살겠다며 고집
스럽게 하려 한 일들을 찾아다니다 보니 소중한 것들을 잊
은 채 여기까지 흘러왔다는 것을 알게 되었다. 그런 와중
에 소중한 사람을 떠나보냈던 것처럼 그 시간(세월)에 있
던 많은 일이 이제야 생각이 난 것이다. 아뿔싸 하며 후회
하지만, 그것은 너무 늦은 자책인 셈이다. 그런 안타까움
이 반복되지 않으려면 남은 생애는 달라져야 한다는 각오
가 필요한 것이다. 미궁 속 현기증 같은 고뇌를 심정의 갈
등이라고 말해버리자 마음이 환해진 것 아닌가? 마치 가
슴속 해안선을 따라 펼쳐진 푸른 바다 같은 풍경을 품고
오늘도 만조가 일렁이는 삶을 살아온 이종숙 시인을 만나
게 된다. 세상처럼 시시각각으로 변화하며 가슴속으로 달
려오는 저 파도의 시작은 어디에서부터 였을까를 질문하
는 듯 앞을 가로막아보지만, 한낱 인간의 손사래에 멈출
기세는 아니다. 무의식 속에 침잠해 있는 또 다른 시간의

삶을 겨누며 틈새 같은 그곳을 비집고 들어가 또 무언가를
해야만 하는 부역 같은 삶을 견뎌야만 한다. 차마 말하고
싶지 않은, 아무짝에도 쓸모없는 것이라며 가성비와 너무
나 동떨어져 간혹 회의 속에 빠져들기도 하지만, 시를 쓰
지 않으면 안 될 이유란 것을 찾게 된다. 바로 잃어버린 시
간을 살아준 자신을 만날 수 있기 때문이다. 시간은 나와
동일시되며 그 여정은 타자로 살아온 동안이 아니라 사유
들이 갖는 생명력만큼 일 것이라는 생각에 도달할 때 형용
한 언어들과 대면할 수 있다.

> 손바닥에는 무수한 방향이 있다
> 뭔가 끊임없이 움직이는
> 나조차 모르게 달려가고 있는 길
>
> 어머니의 모란이 있고
> 아버지의 목련 정신이 있고
> 철쭉 같은 내 자식의 붉은 물결이 있다
>
> 한번 가고 나면 돌아올 수 없는
> 바람 같은 길
>   −〈알 수 없는 길〉 부분

화자 스스로 감당해 온 생의 길을 돌이켜보니 단순하게 주
어진 현실을 긍정하며 사는 것이 당연한 줄 알았다. 그런
데 그것이 아니란 것을 알게 된다. 마치 올 하나가 옷감 전
체를 이룬 것이 아니듯 되돌아보니 나 혼자만의 힘으로 여
기까지 온 것이 아니었다. 혼신을 다해 이루고자 했지만,
앞을 가로막듯 간혹 사태 같은 현실은 어김없이 발생했다.
난감한 사건이 일 때마다 가족이라는 온정으로 불평 하나

없이 걷어붙이며 나서준 것이다. '손바닥'을 펼쳐보니 그
안에는 가족을 향한 무수한 손금들이 뻗어 있었다. 그 끝
은 또 다른 시간을 경유해 화자의 현재를 지시하는 삶의
표지처럼 형상을 이뤄 상징이 되곤 했다. "손바닥에는 무
수한 방향이 있다 / 뭔가 끊임없이 움직이는 / 나조차 모
르게 달려가고 있는 길"로 아무런 조건 없이 서로를 향해
올을 풀어 새롭게 매듭을 이어온 것이다. 한 땀 한 땀의 정
성을 다해야 이룰 수 있는 문양을 새긴 지난 긴 시간이 내
삶 안에 아름답게 존재하고 있음을 알게 된다. 격정을 다
독인 감정처럼 잦아진 세월 안에 새김 된 무수한 손금처럼
그 순간마다 운명 같은 일들이 사실을 증명하듯 발생했고
무엇 하나 우연히 된 일은 없다는 것을 깨달은 것이다. 현
재의 나를 위한 어머니와 아버지의 존재가 있었기에 가능
한 존재론적인 근원을 생각한 것이다. 결국 나로 연결된
유전적인 고리가 자식까지 이어진 것이다. 나의 몫으로 살
아낸 시간은 나 하나만의 삶이 아니었다. 생명의 근본보다
더한 삼생으로 이어진 것까지를 생각하게 하는 "어쩌면 내
몸 안의 길이 이렇게 많은 줄 몰랐다"란 말은 끝없이 파생
되는 오묘한 생의 변화를 돌아보게 하는 의미로 이해된다.

먹구름 사이로 비치는 햇살
물을 뿌리며 다리미질을 서둘러 보지만
쉽게 펴지지 않는 주름은
시간과 시간의 모서리를 맞물고 있다

완성되지 않은 작품에 하나둘
기우는 각을 바로 세운다

검은 재킷이던가
빨간 바지이던가
하얀 가운을 입고 다리미 손잡이를 잡고
유실된 이름을 찾아 나서면
첫사랑 대하듯 가슴을 뛰게 한다
―〈맞무는 시간들〉 부분

옷에 생긴 주름을 펴는 기구가 다리미다. 주름을 펴기 위한 다림질을 하면서 되레 예상치 못한 주름을 몇 개 더 만들어 속이 상한 적이 있을 것이다. 마찬가지로 옷에 새김된 주름들이 많아 그것을 마음먹은 대로 펴고 싶어 "물을 뿌리며 다리미질을 서둘러 보지만 / 쉽게 펴지지 않는 주름은 / 시간과 시간의 모서리를 맞물고 있다"라며 우리가 생각한 만큼 단순한 것이 아니라는 것이다. 옷에 생긴 주름이 그냥 생긴 것이 아니라 무리하거나 부적절한 행위를 하다 만들어진 것으로 그 순간을 감정의 기억으로 맞물고 있다. 그렇게 생긴 것이니 쉽게 펴지거나 사라질 주름이 아니다. 오히려 그 안에 삶의 인연으로 맞물린 많은 이유가 존재하는 것으로 그럴 만한 이유를 간직하고 있는 지난 시간에 골몰하고 있다. 본래의 이름값에 걸맞은 주름이 아니라 강박한 삶에 쫓기거나 부대끼며 얻게 된 고통의 크기만큼 제각각 말 못 할 사연들이 새김 된 것이다. 오랫동안 잊고 지낸 사람의 옷을 보게 되면 한편으론 반갑기도 하거니와 다림질을 하면서 그 사람의 지난 시간을 유추하면서 사람 됨됨이를 되짚어 보는 것이다. 그러다 "인생 쓴맛이 난다는 말에 나도 모르게 울컥한다"는 순간도 있다. 이미 스스로 냉정한 진단과 예후가 의미하는 바를 알기 때문이다. 생각해 보니 그랬다. 많은 사람의 옷단에 스민 고통을 반듯하게 펴주는 다림질을 주저하지 않았지만, "수선하지 못하는 시간을 야금야금 삼키고 있다"며 막상 자신을 위한 마음은 쓰지 못했다는 후회감이 몰려온 것이다. 옷에 생긴 주름만 주름이 아니다. 우리가 살면서 인생의 주름이 얼마나 많은가. 생각의 주름, 이웃과의 주름, 특히 가족 간의 주름은 회복하기가 쉽지 않다. 더구나 한 사람을 저세상으로 보내는 일이야말로 다시는 펼 수 없는 주름인 것이다. 목숨의 길이 숨어 있는 주름은 우리에게 불편한 선과 모서리가 되기도 한다. 일상을 넘어서 주름에 대한 인식과 존재적 본질에 관한 시가 절묘하게 연결되어 있어 사유의 심오한 면을 살필 수가 있었다.

> 모락모락 담배 연기가 동그라미를 그리며
> 상쾌한 아침 공기를 혼탁하게 하고 있다
> 대문 앞을 나서니
> 여고생 셋이 천연덕스럽게 쳐다본다
> 생각을 유보한 나도
> 그들을 대수롭지 않게 쳐다본다
> 나름대로 그들만의 사연이 있겠지, 나를 다독거린다
> ―〈유보한 생각〉 부분

세상이 바뀌고 있다. 시도 때도 없이 발생되는 불필요한 소음과 그런 불편을 유발하는 사람들이 함께 사는 곳이 익명화된 도시의 모습이다. 물론 생업을 위한 목적도 있지만, 그저 즐거움을 위한 놀이문화처럼 아무렇지 않게 즐기는 부류도 있다. 남발된 자유와 인권보호라는 제도 아래 불편한 행동을 하며 남을 배려하거나 조금도 의식하지 않는 아이들 같은 청소년들도 그들 속에 포함된다. "골목길에는 오토바이와 / 자동차 소리가 나란히 간다 / 하루 이십사 시간 중 조용한 시간은 얼마 되지 않는다"라며 아침과 저녁이 특별하지 않고, 남녀노소와 이웃이 배려되는 사회 윤리가 와해되면서 몰상식한 일들이 다반사가 되었다. 아니 잊을 만하면 사건이 터져 사람들 마음을 뒤집어 놓는다. 그래도 되는 거냐는 둥 망할 세상 같은 "모락모락 담배 연기가 동그라미를 그리며 / 상쾌한 아침 공기를 혼탁하게 하고 있다 / 대문 앞을 나서니 / 여고생 셋이 천연덕스럽게 쳐다본다" 다들 기존의 인식으로는 이해하기 어려운 사회 일상에 대하여 눈살을 찌푸린다. 하지만 세상이 빠르게 변한 것은 맞다. 특히 청소년들의 인권이 강화되면서 이해로 일관해야 하는 것에 대한 괴리감이 큰 것도 사실이다. 오늘도 화자는 그런 점이 불편한 것이어서 "생각을 유보한 나도 / 그들을 대수롭지 않게 쳐다본다"라고 말한다. 응당 그 아이들을 위해 바른말을 해줘야 하지만, 말을 해선 안 된다는 것을 알기에 이럴 때 기분 전환 겸 커피 한잔이 생각나는 시간이다.

　　　　　많은 사람이
　　　　　약을 지으러 커피 가게로 간다

　　　　　커피잔에서
　　　　　다양한 처방전이 나온다

　　　　　웃음의 잔여가 가슴 쓰리게 하던가

　　　　　달달하게 빛나는 검은 마력
　　　　　　　　　－〈커피 처방전〉 부분

요즘 국민 기호식품이 된 커피가 마음을 다스리는 효과가 있다는 것을 간혹 기사로 보게 된다. 커피의 효능으로 심리 치료적인 성격으로 활용하는 사람들도 있을 것이다. 병적인 불안을 진정시키는 효과가 있어 일정한 시차를 두고 마셔야만 안정이 되는 사람들처럼 말이다. 화자도 그런 인식을 갖고 있는 듯 "많은 사람이 / 약을 지으러 커피 가게로 간다"며 커피를 마시다 보면 자신이 알지 못한 생활의 심리적 안정감을 통해 정서 생활에 도움이 되는 지혜를 경험한 듯하다. 커피잔 속 커피를 마시면서 이런저런 생각을 하다 보면 미처 깨닫지 못한 삶의 지혜와 여유가 생각날 것이다. 화자는 커피가 가진 고유한 성분적인 향기에 빠져들어 일시나마 평상심을 회복하기도 하지만, 그와 달리 형용모순적인 문장처럼 "웃음의 잔여가 가슴 쓰리게 하던가"라며 커피를 마시는 그 순간에도 해소되지 못한 씁쓸한 고뇌를 드러낸다. 화자는 커피가 주는 풍미로 "달달하게 빛나는 검은 마력"을 꼽고 있다. 그리고 "잔잔한 말들이 뱅 둘러앉아 / 상처 난 염증에 연고를 바르듯이 / 따뜻한 평화로움"으로 표현하며 예찬하고 있다. 그런 사람들이 몰려 한 잔의 여유를 즐기기 위해 찾아든 커피점의 분위기를 마치 심신을 위한 '처방전'을 기다리는 사람들로 바라보면서 화자만의 시적인 의미를 부여한다.

> 잔주름에 남루한 옷을 걸치고
> 비스듬히 기대는 볏단이다가
> 속내를 숨기고 밤을 밝히는 하얀 박꽃이다가
>
> 숨소리 가다듬어 물푸레나무의

뾰족한 화살을
과녁 중앙에 눈을 맞추는 붉은 정신이다가

때때로 심연에 불타는
촛불이다가 향불이다가
어느 한곳에 잠든 이름 없는 새이다가
꽃이다가 열매이다가 영혼이다가
마침내 흙 속에 보푸라기처럼 피어나는 신일 것이다
쇠솥에서는 달빛 사랑이 익어간다
　　　　　－〈시〉 부분

종종 있을 법한 일상을 접하며 평범한 생각으로 살아가는 사람들과 달리 겪지 않아도 될 고통을 자초하기도 하는 시인의 삶을 말하고 있다. 남들 편한 마음으로 여가를 즐길 때 심적인 부담을 감당해야 하는 시 창작에 대한 고통을 보여준다. 화자도 그런 강제된 사유의 시간 속에서 과연 시란 것이 무엇인가를 고뇌하며 '흙'이거나 '하얀 박꽃'이거나 '붉은 정신'으로 규정해 보지만, "때때로 심연에 불타는 / 촛불이다가 향불이다가 / 어느 한곳에 잠든 이름 없는 새이다가 / 꽃이다가 열매이다가 영혼이다가 / 마침내 흙 속에 보푸라기처럼 피어나는 신일 것이다 / 쇠솥에서는 달빛 사랑이 익어간다"라며 더 큰 의미를 부여한다 해도 그렇다고 그것이 지금껏 찾아온 시의 궁극일 리는 만무하다는 것을 알고 있다. 다만 당장의 성취에 만족한다는 것으로 시가 삶의 전체를 완전하게 보여주는 것이라면 그보다 더할 것이 없다는 바람은 변함이 없다.

조심해서 올라가거라
어머님도 참 ~

제가 차표 끊어도 되는데요
눈시울이 붉어진 며느리는
눈에 뭐가 들어갔나 천연덕스럽게 눈을 비빈다
시어머님의 섬진강 물기는
기분 좋은 아들의 웃음소리로
하동에서 마산까지 시끌벅적하다 .
그녀는 차창 밖에 비치는
시어머님의 손때를 만지작거리며
남편이 이것들을 좋아했구나
　　　-〈시외버스터미널에서 섬진강이 타다〉 부분

하동 시댁에 찾아갔다 마산으로 되돌아가는 버스 안에서
정감 가득한 시어머니의 당부 속 말씀을 가슴에 담았다.
"야야 이것 섬진강에서 / 잡은 거라고 한다 / 우리 아들
이 좋아한다"라며 참게와 재첩을 싼 검정 봉지를 받아 쥐
고는 "그녀는 차창 밖에 비치는 / 시어머님의 손때를 만
지작거리며 / 남편이 이것들을 좋아했다"는 것을 알게 된
다. 지금껏 자신이 알지 못했던 하동이 고향인 남편에 대
한 취향을 접하며 야릇해진 심정을 시적 단상으로 발화한
것이다. 아들과 어머니의 관계를 통해 이뤄진 알콩달콩한
추억들이 현재의 시간까지 끈끈한 정으로 연결되어 있음
을 알게 한다. 거기에 꼬부랑 시어머니가 끊어준 차표 한
장까지 더해져 잔정 많은 시골 사람들의 인정까지 세세하
게 담아내고 있다. 결국 '섬진강' 변에서의 넉넉지 못한 삶
속에서도 가족애가 남달랐다는 것을 보여주듯 추억의 시
간들이 차표 한 장을 통해 하동에서 마산까지 오는 내내
시어머니가 지금껏 꾸려온 가족 간의 소중한 정을 깊이 이
해할 수 있었다. 시가 응당 담아내야 할 인정까지 온전히

담아내고 있어 시란 것이 어디에 존재하는 가를 말해준다.

가부 아닌 생 가부가 된 엄마

아부지는 객지에 오라버니 공부 시킨다고 돈벌이로 가고
일이 되고 썽이 나모
우리들한데 화풀이 한다아이가
엉가는 밥 안 해 났다고 두들겨 패면 아무 말도 못 하고 오롯이
맞고
내는 때리려고 하모 옴마를 꼭 안아버린다아이가
그라모 이문디가시나가 안논나 이거 나아라 안카나
가시나가 힘만 쎄 가지고 마 탁 ~
비시시 웃으시고
남동생은 고방 속에 쏜살같이 숨어 버리고
여동생은 줄행랑치다가 고개를 힐긋힐긋 돌리모
저 호랭이가 물어갈 년 안 오나
안 오나 ~
－〈뭐 ～하노〉부분

"가부 아닌 생 가부가 된 엄마"란 말에서부터 순탄치 않았
던 삶의 여정을 가늠할 수 있다. 남편은 도시로 돈 벌러 떠
나 없는 시골집에 홀로 남은 어머니는 골목을 오가는 사람
들의 눈길을 피하려 사립문을 걸어 잠그고 살았을 것이다.
조그마한 집과 어려운 살림을 꾸려가며 올망졸망한 아이
들까지 떠안아 가장 노릇까지 해야 했던 어머니 '적량댁'
을 생각해 본다. 현재는 다행히 고통의 세월을 벗어나 여
유를 가진 듯해서 힘했던 과거를 되돌아보는 마음도 편한
것이다. 모처럼 가족들이 다 모인 자리에서 어려웠던 시
절을 회상하며 가슴에 묻어둔 사연들을 끄집어냈을 것이
다. 어머니란 이름으로 감당해야 했던 고된 농사일이란 것

119

이 힘으로 하는 일이라서 고사리 같은 아이들의 손이 필요했을 것이다. "뭐 ~하노"란 말속에 함축된 생의 슬픔 같은 빈궁을 벗어나기 위해 그보다 더할 수 있는 간절한 말이 또 있을까 싶다. 새벽부터 논밭에 갔다 와 아직도 자고 있는 아이들에게 버럭 소리를 내지른 어머니에게 맞서다 "뒈지게 마즌 언니가 안쓰러운지 / 어짜노 마이 아프재, 빨간약을 호호 불며 // 니는 누구 닮아서 이리 고집이 쎄노 참 답답한 가시나 / 한 마디 던지시고는 / 남새밭에 풋고추 한 줌 따서 된장에 푹푹 찍어서 / 살강에 꽁보리밥 한술 찬물에 말아 잡수고는 / 아이고 살 것 같다 휴~ // 아까 내가 미안데이 / 뭐 ~하노"란 말이 그때는 몰랐던 어머니의 자식 사랑이란 것을 깨달은 것이다. 되돌아보면 가난한 가족들을 배곯지 않게 하려 했던 애증의 추억인 것이다. 그 또한 시간이 흘러 자연스럽게 가슴에 맺힌 것 하나 없이 술술 풀어져 가족애를 확인할 수 있는 아름다운 추억이 되어준 것이다.

산전수전 다 겪은 쪽파 뿌리 할매
몸은 벌겋게 타도
정신은 아직 팔팔하다며 골이 난 피부를 드러내며 자랑한다아이가

시장통에 앉아있으모
심심찮게 가시나 머시마 아지매 아재 할매 할배도 한 번씩 눈길 주기도 하고
짓궂은 아재는 이리 만지고 저리 만지며 아직 쓸만하니 안 하니 허락도 없이
남의 몸을 가지고 흥정한다아이가

기가 차서, 그래도 기분 좋다
내가 안 해 본 게 뭐 있노
남자를 가까이 못 해 본 게 흠이라카모 흠이지

그 나머지는 쓴맛 단맛 신맛 짠맛 매운맛 다 보고 나니 홀가분하다

새끼도 많이 낳다아이가 남자가 없어도 새끼는 어찌 그리 생겨났는지
지난 시절 생각해 보모 참 짓궂은 짓도 많이 했지
기분이 더러운 날은 못된 놈 콧구멍을 쑤시며 눈물깨나 흘리게도 하고
기분 좋은 날은 짭조름하게 분칠한 깊은 맛을
밥상에 올려 주모 뼈다귀 국물에 땀을 뻘뻘 흘리며

기운 난다는 그놈들 모습 보모, 그래 기분 좋았다는 쪽파 할매

그런 세상 살다 보니 어느새 이렇게 머리가 하얗게 변해 버렸다아이가
그래도 속은 청춘이다
만년필 촉 같은 푸른 꿈을 세우고
달구지에 커피 파는 아줌마처럼 시장통에 쪼그리고 앉아 있다아이가
또 다른 세상살이 주인을 기다린다

내 좀 사 가이소, 내 좀 사 가이소 종자가 쓸만 함미더 후회 안 할 깁미더
쪽파 뿌리 할매가 시장통에 앉아 눈이 반짝반짝 빛이 난다아이가
세상살이 돌고 도는 거라 캐 사면서 그 속에 우리가 있다 안카나
        −〈쪽파 할매 〉전문

성깔도 칼칼해 팍 내지른 말씀마다 뭐 내숭 떨 것 있나 싶
게 "산전수전 다 겪은 쪽파 뿌리 할매"를 통해 화자는 모진
세상을 살아온 과거적 이야기를 끄집어 내놓고는 좌판을
벌였다. 한때는 윤기 자르르한 머리칼도 이제는 쪽파 뿌
리처럼 하얗게 센 채로 시장통에 앉아 얼마 남지 않은 세
월을 탓하며 아직 정신머리는 이상 없다며 생의 대오에서
멀어지기 싫어하는 기색에 마음이 안쓰럽다. 그만큼 삶에
대한 애착이 강해 절대 물러설 수 없다는 의지를 보이고
있다. 살아온 세월도 드세기 그지없는 험난 그 이상으로
산전수전 다 겪은 "시장통에 앉아있으모 / 심심찮게 가시

나 머시마 아지매 아재 할매 할배도 한 번씩 눈길 주기도
하고 / 짓궂은 아재는 이리 만지고 저리 만지며 아직 쓸만
하니 안 하니 허락도 없이 / 남의 몸을 가지고 흥정한다아
이가"라며 짓궂은 장꾼들의 능청에도 눈살 찌푸리지 않고
허허실실 받아주던 쪽파 할매다. 하지만 심지 하나는 굳어
"남자를 가까이 못 해 본 게 흠이라카모 흠이지"라며 지아
비 말고는 다른 남정네를 알지 못했다는 자부심을 내세우
면서도 은근히 아쉬워하는 할매 말씀은 "쓴맛 단맛 신맛
짠맛 매운맛 다 보고 나니 홀가분하다"며 살아온 삶의 속
속들이를 다 보여준 것이 부끄러웠던지 눈자위를 파고든
해거름 놀빛에 촉촉해진 서러움이 한동안을 먹먹하게 했
다. 쪽파할매의 넋두리가 판소리 굿판처럼 걸판져 보여도
막상 판을 접을 때 휑하니 밀려오는 아쉬움은 큰 것이다.
혼신을 다한 생의 한판이기에 "내 좀 사 가이소, 내 좀 사
가이소 종자가 쓸만 함미더 후회 안 할 깁미더 / 쪽파 뿌
리 할매가 시장통에 앉아 눈이 반짝반짝 빛이 난다아이가
/ 세상살이 돌고 도는 거라 캐 사면서 그 속에 우리가 있다
안카나"라며 외치는 소리가 절규같이 들려 발길을 뗄 수가
없다. 죽어라고 자기를 희생하며 가족들을 먹여살린 '쪽파
할매'와 달리 온갖 정성을 다한 신앙심으로 가족의 발복을
기원하며 살아온 할머니 (어머니)들도 있다.

〈할머니의 관세음보살 〉의 '할머니' 마음도 방식만 다르지
'쪽파할매'의 삶과 흡사한 것이다. "오솔길을 서성이는 할
머니"가 마음속 간절함을 누군가에게 전언하고 있다. 당
신은 숲으로 접어들어 누굴 향한 애절함인지 모를 "관세

음보살, 관세음보살, 관세음보살"을 애타게 찾으며 못다 이룬 구복을 간절하게 소원하고 있다. 지난 세월을 오직 가족 사랑이란 마음 하나로 살아왔어도 현실은 항상 부족한 것이다. 인생은 덧없는 것으로 누구나 피해 갈 수 없는 세월 앞에 서게 되고 그 지점은 아슬한 끝을 가리키고 있다. 결국은 우리가 잠시 빌려 살아온 시간이란 것도 어느덧 세월이 되고 한 사람의 온전한 생이 되어 푸른 기운을 내려놓고 떨어지는 낙엽처럼 표표히 사라지는 것이다. 그러는 동안에도 좀 더 나은 삶에 대한 욕망은 깊어 정성을 다한 염원을 이어간다. 모든 것이 자신으로 인해 생긴 질기디질긴 인연 된 것의 끈을 강요하듯 "누구를 위해 / 발길 닿는 곳마다 손바닥을 맞대는지" 혼신으로 진정하는 모습이 지극하다.

> 사방을 둘러봐도 그리움만 보이는
> 내 고향 하동에는
> 섬진강 푸른 물이 바다로 흐르고
> 맑은 공기는 지리산을 휘감네
>
> 어머니 숨결 같은 시야 視野
> 파랗다가 빨갛다가 잠자리처럼 날아다니고
> 송아지 울음으로 산천을 깨워
> 가을 깊은 곳에 메아리로 울리네
>   −〈내 고향 하동〉 부분

성장기 체험으로 이뤄진 순정한 정서가 고스란히 배어 나온 섬진강 가 삶의 고즈넉한 모습이 시를 통해 생생하게 재현되고 있다. 화자만 알고 있는 고향에 대한 정경은 시

적 행간에 얹어져 파노라마처럼 장면 장면을 심상으로 재현해 비춰주면서 무대 뒤 배음으로 장치한 "저 멀리 애야, 부르는 어머니 목소리 / 가랑비 젖어 들 듯 / 가슴에 그득히 스며드네"라며 애틋해진 심정을 드러내고 있다. 고조된 감정선을 따라가면 화자가 추억으로 간직한 '하동' 초입을 돌아 선명하게 기억하고 있는 유년의 순정 같은 고향에 당도한다. 당시로 되돌아가 "어머니 숨결 같은 시야 視野 / 파랗다가 빨갛다가 잠자리처럼 날아다니고 / 송아지 울음으로 산천을 깨워 / 가을 깊은 곳에 메아리로 울리네"라며 성긴 고향 풍속을 다시 일깨우고 있다. 추억 속 고향 하동은 화자의 기억 속에 온전히 각인되어 세상이 아무리 바뀌어도 "내 어릴 적 뛰어놀던 그곳 / 세월은 수십 번 변했건만 / 내 고향 하동은 / 언제나 그 자리에서 빛나고 있네"라며 유년의 여전한 그리움으로 간직될 것이다.

> 몇 생의 어스름이 순간적으로 지나가고
>
> 이슬을 태우는 아침 햇살
> 연둣빛 문양을 환히 밝힌다
>
> 가지와 가지를 오가며
> 날개를 하늘하늘 떨다가
> 뜰 안에 뭉게뭉게 피는 살구꽃 향기
> 입에 물고 날아간다
>   -〈봄 , 새가 되어 날다〉부분

시간이 흘러도 사라지지 않는 사람이나 풍경이 존재한다면 그것을 그리움이라고 말해야 한다. 화자의 가슴속에 존재하는 그리운 것들은 사람에 한정하지 않는다. 사물로 대상화된 '봄'의 한복판을 가로질러 날아가는 '직박구리' 새 한 마리도 예외로 치지 않는다. 화자의 눈에 든 모든 물상이 아련한 어둠 속으로 스며드는 놀빛처럼 사라져 갔지만, 흩어지지 않는 형상들은 해를 거듭하며 더 간절해져 잊을 수 없는 그리움의 실체가 된다. 기억 속에서 되살아난 직박구리가 살구나무에 앉아 애절한 곡조로 울어대고 있다. 누군가를 기다리며 짝을 찾는 구애의 노래일까? 아니면 사는 것에 대한 고통에 지쳐 부른 절망의 노래일까를 상상해 본다. 이미 화자는 그리움 쪽으로 무게를 두고 있는 듯, 심정적 정서가 그리움의 서정을 한껏 품어온 삶이란 것을 말해준다. 새가 울 때마다 얼핏 스치는 살구나무의 작은 떨림 속에서 그림자 따라 흔들리는 "몇 생의 어스름이 순간적으로 지나"간 것을 놓치지 않고 직관적인 감각으로 포착한다. 순간을 찰나처럼 스치고 간 모든 과거의 인연이 살구나무를 통해 재현되면서 화자와 직박구리를 동일시한 시적 감상이 상호 교감으로 이어져 "이슬을 태우는 아침 햇살 / 연둣빛 문양을 환히 밝힌다"라며 시, 공간을 통시적으로 아우르고 있다.

〈잊히지 않는 그리움〉에서도 풍경을 통해 전이된 감상이 농익어가면서 시적인 정취로 고조를 이뤄내고 있다. 낙엽 사이로 비집고 들어온 '햇살'과 손바닥에 고인 빗방울을 통해 지극한 정성을 기원하던 어머니의 모습으로 환기한다. 풍경이 추억을 소환하고 구구절절하게 자식 잘 되라고 매일같이 당부하던 어머니의 간곡한 육성이 "춥다 / 덥다 / 차 많이 다닌다. 차 조심해라 / 밥 많이 먹지 마라. 살찐다 / 세상살이 무서우니 사람 조심해라"하며 생생한 살

가움으로 다가온 것이다. 당시는 귀찮거나 불편했던 말들도 생각해 보니 다시는 들을 수 없는 애틋한 사랑이란 것을 깨달은 것이다. 유독 잔정이 많아 그리움도 깊은 것일까? 밤마다 수많은 별이 뜨고 지는 것이지만, 그 안 어김없이 나를 향해 반짝이던 밤 별처럼 와락 안겨 오는 그리움이란 것도 알고 보면 그와 같은 것이다.

날 것 같은 세월도 살만한 것이라며 근근이 견뎌내다 보면 내 살 속에 달라붙은 어릴 적 고향이 그리워지는 것이다. 〈때 묻은 순수〉의 "쏟아지는 별빛 사이로 반딧불이 춤추는 시절"도 당시는 몰랐지만, 이제야 소중한 시간이었음을 알게 된다. 모든 것이 아름다워 좋기만 했던 철없던 아이 시절 마구간의 소가 여물을 씹어 먹을 때마다 좌우로 심하게 뒤틀리는 입 모양도 재밌고, 닭이 마당 한구석에서 지렁이를 물어와 쪼고 있는 모습에도 그저 까르르하며 웃어대던 그 시절이 슬프도록 그립기만 한 것이다. 거기에 친구들과 오디를 따 먹고 이상해진 서로의 입술을 바라보며 웃어대던 천진난만한 소싯적 기억들은 끝없이 이어진다. "흙먼지 날려도 마음은 즐거웠다 / 일 년에 한두 번 장터에 / 가설 영화 들어오면 눈물깨나 훔쳤고 / 동네어른 저승 가시는 날 / 철모르는 아이들 아무 영문 모르고 / 상여꾼 구슬픈 소리에 신나게 놀았다"는 그 모습은 천상개구쟁이들인 것이다. 이제는 살 만큼 자리 잡고 살지만, 자꾸만 허전해진 것이 있다. 궁핍했던 지난 시절 꽁보리밥과 언니 옷 받아 입으면서 "가난해도 옹기종기 둘러앉아 웃음이 담장을 넘던 / 그때가 사뭇 그리워진다"라며 눈에 성긴 추억을 떠올리고 있다. 알고 보면 그리움이 꼭 애절한 것만은 아니다. 눈에 밟혀 아픈 과거지만, 돌이켜 보며 기쁨과 행복을 안겨주는 활력소인 것이다.

〈그때 청보리밭〉의 시적 정서도 그리움의 연장선으로 기억을 자극한다. "나에게 초록 물결은 / 가난의 몸부림이 서려 있는 땅"으로 회상된다. 당시 "어머니가 배곯은 아이를 안고 / 젖이 나오지 않는 안타까움으로 / 아이의 울음을 달랬다"며 배고픈 설움이 잔잔한 여음처럼 가슴으로 밀려온다. 누구나 할 것 없이 겪었던 60, 70년대 배고픈 농촌의 춘궁기를 말해주고 있다. 밥 한 끼를 위한 몸부림이란 것도 알고 보면 오로지 자식을 위한 사랑의 헌신인 것이다. 현재를 살아가는 사람들의 의식 저편은 "풍족함에서 또 다른 결핍으로 / 흔들리고 있다"며 물질 만능과 이기주의에 경도된 사회 변화 추세를 염려하고 있다. 푸른 청보리가 노랗게 황금빛으로 익어갈 때 안도한 보릿고개는 잊어서는 안 될 모두의 추억으로 공감되어야 한다. 그런 삶을 견뎌온 시간을 기억하고 있는 세대의 소중한 체험들을 시적으로 말해주고 있어 마음을 편안하게 이끌어준다. 누군가는 이 시집을 통해 잊었던 지난 시간을 떠올릴 것이다. 살기 바빴다며 밀쳐둔 소중한 기억들을 되살리며 잔잔하게 밀려오는 그리움 속 고향을 찾아 나설 것이다. 이종숙 시인이 지향하는 시의 중심은 가슴속 온정에 있다는 것을 공감하는 기회가 되었다.

맞무는 시간들

이종숙 제2시집

2023년 9월 20일 초판 1쇄
2023년 9월 25일 발행
지 은 이 : 이종숙
펴 낸 이 : 김락호
디자인 편집 : 이은희
기 획 : 시사랑음악사랑
연 락 처 : 1899-1341
홈페이지 주소 : www.poemmusic.net
E-Mail : poemarts@hanmail.net

정가 : 15,000원
ISBN : 979-11-6284-471-7